神遊

KAMIASOBI
Haruta Noriko

春田のりこ句集

ふらんす堂

神遊＊目次

装画・鹿田五十鈴

句集　神遊

春田のりこ

一　曲がりたくなれば

二〇〇〇年〜二〇〇六年

手で洗ふ小さなものや獺祭

鶯や一日一信続けをり

薬箱片づけてゐる茂吉の忌

足つつて悲しき夜の雛かな

春鴉巣組の嘴のたくましく
物売りの遠くを通る涅槃寺

山積みの檸檬ころがる涅槃かな

曲がりたくなれば曲がりて春日傘

母馬の鼻面を咬む仔馬かな

椅子の背の擦れて木の肌花曇

花びらの影もたたみの上走る

かたかごの花よ母より初メール

牛蛙鳴く場所を今移したる

兜虫のちぎれし兜動きけり

ピサピサと鳴く鳥の来て明易し

怖き祖父の破顔一笑白絣

草笛のふるへ残りて雨催

よく眠る母を見てをり梅雨の月

話聞くやうに毛虫の頭をもたげ

水盤や背筋伸ばして帯締めて

朴の葉の立ててゐる音昼寝覚

遠花火母に見せたく聞かせたく

ソウル吟行　三句

夕風に人ふえてゆく守宮かな

夕虹やハングルの目に馴染みゆく

共に聞く静かな話花木槿

ネクタイのまま朝顔の鉢選ぶ

蒲の穂や鯉の口開く音のして

小硯に朱の墨残る夜の秋

ノルウェー長距離列車

森深く白夜の低きままの月

新涼や床に転がる哺乳瓶

膝小僧草に埋もれ迢空忌

竪琴の弦に指切る初月夜

片付ける母の抽斗小鳥来る

魚の目のやさしきにあふ白露かな

その下に会ひて小さき柘榴の実

梳りにくき吾が髪水の秋

端然と芋積まれたるコプト文字

もみぢせる欅一周して仰ぐ

稲妻や厠の鏡見ぬやうに

新藁に腰を下ろして庭師かな

弓を手に談笑しをり菊日和

霜降や巻藁に日のあたりたる

高く組めば高き火生まれ牡丹榾

みやげ屋の帽子色褪せ石蕗の花

中年や夜の落葉にふりかへる

先生の大きな眼鏡枇杷の花

大学の異国に似たる冬帽子

鯛焼ひとつまだ来ぬ人に置きにけり

大正の縞明るかり龍の玉

正直一遍文旦の持ち重り

犬の鼻冷たく触るる久女の忌

火に触れし如くに寒の水に触れ

寒月に谺してゐる靴の音

背ナと腹鍛へてをりぬ寒櫻

棉の実のはじけたるまま凍てにけり

冬深し時々句座をのぞく犬

風花やおん胸に罅走りたる

冬日向母となりたる人細し

先生の椅子に襟巻かけてあり

霜の夜の手を休めれば母思ふ

真つ白な二人の卓布ごまめ噛む

大屋根の足場に二人春隣

ふたたびの白鳥の声ぐもれり

猫柳母の夕餉の米洗ふ

看病のふたとせとなる鳥の恋

二　夜の椅子

二〇〇七年〜二〇〇九年

懐かしきまでの空腹杉菜生ふ

竹の秋女は赤き影を持ち

鞄くたつと膝の上二月尽

すこやかに母あるうちの朝寝かな

夕雉子をただ驚かせたくなくて
自転車を真二つに折り茅花風

桃の日の小さき厨に三温糖

布の耳そろへて裁つや草の餅

象の尾の尻を打つ音楓の芽

Fに似る風力記号クロッカス

鳥の巣や本を広げて機嫌よき

象老いて君の嘆くや春の果

多佳子忌の日に透かしたる苺酒
はつなつの蠟梅の葉の艶々と

走り梅雨めがね厨に置かれたる

梅雨の蝶三頭もつれあふやうに

人の輪のまんなかに犬砂糖水
香水の瓶を暗きに飼ふごとし

潮の香のして炎天のゆるみけり

母のゐぬ短き髪を洗ひけり

尺蠖やからくり人形お茶こぼす

とりあへずバケツにいれて矢車草

尻の蟻はらつてもらふ散歩かな

筆立てに絵筆のまじる麦こがし

夕顔や防具の胴に兀兀と

向き合ひて額涼しき人であり

吊棚の上の大鍋今朝の秋

月桃の葉の影薄し八月尽

君の肩借りて靴履く薄紅葉
葉のそよぐやうに蝶ゐる秋気かな

まつすぐに流れぬ水や彼岸花

揺すりても飛ばぬ虫ゐる吾亦紅

をんなともだちこのわた芋に香柚子

名月や水に沈めて端渓硯

爪先を立ててはじまる踊かな

爽波の句写す夜長のインクかな

蟷螂の赤子のやうに手を伸ばす

蓮の実飛ぶ父愛用の露光計

子規の句をみやげにもらふ白露かな

家に手を合はせる母や秋の蝶

水甕に枯れしもの立つ十三夜

夜の椅子重たく固く衣被

ふくらはぎゆるめてゐたる野菊かな

小春日や教はりしことけふは教へ

紙コップくしゆつとつぶし冬木の芽

ゆつくりと考へること神の留守

武蔵野や野火のごとくに冬紅葉

数へ日の食べても減らぬ金平糖

鷹匠の目を伏せてゐる三日かな

犬つなぐ杭濡れてゐる松の内

父の声急に明るき蕪汁

硝子戸に残る店の名冬ぬくし

ゆがみたるままにほどけて冬木の芽

三　傘さして

二〇一〇年〜二〇一二年

魚は氷に上り噴煙すぐ崩れ

まだ細き力士の髷や春の雪

骨壺は犬のものなる日永かな

春光に蹼ぱつと広げ立つ

鴨の背を雨滴転がる遅日かな

立ちたがる子を座らせて水温む

花屑の上の真白き落花かな

花びらとしばらく流れ鴨の糞

葦の芽や水輪作らぬほどの雨

踏切に電車傾く花の冷

夕永し人悼みつつ坂下る

織られたる布ゆがみをる木の芽時

木の芽晴人止まれば犬止まり

懐かしき師の句つぎつぎ石鹸玉

椿の坂弟子の一人としてのぼる

葉桜の大樹わたしもどんと立つ

風薫る一人一人の手に句帳

傘さして人あひ似たる栗の花

軽鳧の子のもんどりうつてもりあがる

蝌蚪の紐踏み越えてゆく蟇

どの道もいづれ青葦原へゆく

川風の抜ける茅の輪をくぐりけり

さつと照りさつと翳りて袋掛
椋の脚きゆつとくつきり木下闇

万年筆を泉筆と呼ぶ涼しさよ

行水の手を吸ひにくる赤子かな

もう十句作る西日のかげるまで

夜濯の水にしばらく顔うつす

閖上　三句

夏草や瓦礫に皿の藍濃くて

向日葵の低く咲きたる津波跡

断腸花津波くぐりしバス置かれ

近江屋の奥に腰かけ夏惜しむ

秋立つや葦のペン先たひらなる

木を押せば押しもどさるる水の秋

つぼみ強くねぢれてゐたる白木槿

大泣きのやがて喃語に草の花

石榴割る外は歩けぬほどの雨

山粧ふ五段で果つる箱階段

屏風絵の道の真白き萩日和

制服の腕に白線鳥渡る

妻恋ふるさをしかに似て脚長し

万聖節尻の形にくぼむ椅子

行く秋の赤き盥に売る魚介

小春日のすぐに絡まる犬の紐

荒行や石蕗とびだして咲いてゐる

鼓なめ笛はあたため神遊

冬の空ひつくり返るほど見上げ
軽き音たてて窓閉づ枇杷の花

冬の蠅眼鏡のつるに止まりをり

弓で弦たたくセロ弾き冬の月

大寺の障子明かりに赤ん坊

鳥影を鷹と思ひし三日かな

青鷺に飾り羽ある女正月

軽きもの重さうに持ち初芝居

寒椿低く咲きたりしやがみけり

蓮の実を閉ぢこめてゐる厚氷

暖鳥母の鞄の小さき鍵

湯たんぽやしみじみ眺め父の足

四　うすき本棚

二〇一三年〜二〇一五年

梅一輪けふ百になる父の膳

たもの柄のうるし光れる雨水かな

砂濡れて足跡小さく若布刈

草の芽のつんと尖りてやはらかし

指先を雫はなるる甘茶佛

石段の膝越す高さ藪椿

フクシマやマルシェの籠の独活白き

大学の濡れて静かやひこばゆる

笹叢に風ゆきわたる遅櫻
春霞供花流されてゆく沖に

海苔篊に遠く釣糸垂らしをり
ついてくる足音静か花は葉に

コンビニのうすき本棚櫻の実

粗粗とあさざの花を数へをり

足元の覚束無さや茗荷の子

ざぶざぶと雨踏んでゆく桐の花

桑の実や谷戸に小さなゴミ出され

御福分け筍掘の土の手で

草取のお尻を池につきだして

俳人も画家もうつむくあやめかな

あめんぼのひとつ動けばつぎつぎと

昼寝よりぱたつと起きて不思議さう

唐崎も青田のころか文出そか

自販機のごとりごとりと熱帯夜

初秋の少し離して二人の絵

四万十の四十一度てふ残暑

赤のまま歩けば歩くほど遅れ

終戦日鎖でしばる餌の枝

旅の荷も解かず逝きけり初嵐

秋の蟬力の限り悼みをり

この道は水禍の村へ花芒

秋の芽や白衣のままにくつろいで

トロ箱の水稲育つ神楽坂

台風の風にふくらむ窓硝子

草の絮つながれしまま舟朽ちて

陶片に文字らしきものの水の秋

豊年や湯飲み茶碗の底に鳥

あちこちの骨尖り出る昼の虫

露の世の小さきものへ前屈み

春に会ふ話などして十三夜

松手入小舟に膝をつきながら
石蕗の花結界石の縄朽ちて

吹き込める落葉徳冨蘆花旧居

神留守の父の居室の望遠鏡

境内の手狭ゆかしき小春かな

爪先に鳥の寄り来る風邪心地

来てみれば楽しき時間枇杷の花

能勢・裕明先生の墓所に参る

閼伽桶のふたつに冬の水充たす

線香の束に火のつく冬芽かな

花八手行き交ふ人の息かかり

冬紅葉鰐口打てば鳥翔てり

熱の手に本の重たき裕明忌

透きとほる鷹の鳴き声御慶のぶ

乳呑み児のしめりてゐたる冬菫

椨明り祈るごとくに句を作り

五　光の板

二〇一六年〜二〇一九年

水中の石に苔揺れ余寒かな

蔦の葉に蔦のかたちの春の雪

梅の枝影の淡きと影なきと
春の潮ゐるはずの人みんなゐる

抜けさうに亀首伸ばす日永かな

三椏のポップコーンのごとき花

船室の寝台深し風朧

春の潮飾り気のなき風見鶏

山踏んで水にじみ出す啄木忌

花冷の熊笹に立つ金属音

菜の花にややの切り爪ほどの莢

父母義父母いづれなつかし蜃気楼

卯波立つ籠よりたたす伝書鳩

九八屋の藁屋根厚き牡丹かな

つるばらの胸のあたりが揺れてをり

子ら帰り両の手のあく夜の新樹

ごんごんと鍬筍にあたる音

両肩に掛ける荷物や梅雨曇

六月のトランクにさす黒き傘

汗まみれ一生懸命もの食へば

読みつつも蟻に目のゆく案内板

夏めくや髪にとぶ種つけしまま

ぶつかりてはじけ光のあめんぼう
ゆらゆらと先に影降る夏落葉

太宰忌のマッチの軸の折れやすく

トランクに偏る荷物半夏生

子に貸して散らかる机胡瓜揉む

両脇に深く眠る子夜の秋

校正を終へて踊を見に行かむ

秋田西馬音内盆踊

踊子の頭巾垂らせば冥途めく

西馬音内蕎麦のつめたき渋団扇

藤棚に蔓立ちあがる厄日かな

足の爪触りにくる子草の花

牽牛花手に吸ひついて破れけり

木の椅子の背もたれ高き雁渡し

芋の露午後も円らかなるままに

まちまちの絵本のかたち獺祭忌

虫の闇心に決めしこと一つ

小春日やポプラの葉擦れ高きより

ベビーカーへ小さく手打熊手市

声透る清水哲男の茶のセーター

この本のこの十年や年歩む

聖夜待つ四分の一のヴァイオリン

冬薔薇に錆の匂へる港かな

寒夕焼うすれアンネのばら凜と

瀧壺は雪の白さや懐手

マフラーのなかに耳栓膨らんで
寒鴉阿弥陀の前に甘く鳴き

裸木の捩れどほりに苔むして

糸で描く人形の目や冬の月

深雪晴地球の回る音しさう

村上三面川

雪時雨打たれて鮭は草の上

雪の花鮭打つ棒のささくれて
木の箱に溜まる鮭の血雪催

ピアノ弾くやうに崩るる冬の波

天心に力なき月松過ぎぬ

寒施行静かに声をかけながら

東日本大震災から五年　閑上

慰霊碑は津波の高さ雪催

石巻日和山公園

冬の海光の板となつてゐる

跋・祈るごとくに

寒施行静かに声をかけながら

師と思い定めた田中裕明先生との訣れから二十年近く。仲間を励ましつつ一途に吟行を重ね、風景の描写に徹してきた歳月から生まれた本集は、俳句が他者を想う文芸だと教えてくれる。

揺すりても飛ばぬ虫ゐる吾亦紅

吟行の間、人はじっと自然を眺めるにとどまらず、自らそこに参入しようともする。自作自演ならぬ、自演自作。か細い茎を折らないようにして吾亦紅を揺すり、詠む。目を凝らさなければ見えない小さな虫になってみたり、虫から逃れられない吾亦紅の身になったりしながら。

鴨の背を雨滴転がる遅日かな

私はのりこさんの俳句に、あるときは華やかさとつつましさとの、またあるときはひたむきさと悠長さとのマリアージュを見る。考えてみれば、それは彼女自身の中にあるもの、そしてこの小さな詩型自体が希求するもののひとつかもしれない。

鼓なめ笛はあたため神遊

神遊は神楽のことで冬の季語。こんな風にして奏者は和楽器との一体感を高めていくのか。最も的確なシーンに光を当てた描写力がすばらしいが、一方、読者は自らこの行為を行っているような生々しい感触ももらえる。里神楽でも神楽歌でもなく、神遊を置いたセンスも、のりこさんのもの。

榾明り祈るごとくに句を作り

静謐な俳句工房を垣間見る思いがする。一句成したあとは読み手に委ねるのが俳句だが、詠んでいる段階から俳句はすでに大いなるものを信じ、呼びかけているのだ。この世界を成り立たせている真理も、季題も伝統も、さらには身近な連衆もそこに含まれるのだろう。

冬の海光の板となつてゐる

「石巻日和山公園」と前書きがある『神遊』結びの句である。光の板という言葉に私は小さからぬ衝撃を受ける。太陽光を反射している板、ではないと思う。目の前の海は光でできた板だと言い切っているのだ。この句においては海も、板も言葉による変容を経験する。

『神遊』は今から遡ること三年、コロナ禍が始まる直前までの句で編まれている。その後も着実に俳句を詠み重ねてきたのりこさんだが、句作りの環境が大きく変わったこの時で一線を引いた。「コロナ２０１９」以降を新たな時代として見据え、進もうとする彼女の覚悟を知る思いだ。

この一書を生み出したのりこ俳句の、今後一層の深まりを信じています。

二〇二三年二月

満田春日

あとがき

二〇二〇年初頭から世界中が未曽有のパンデミックに陥り、それまでの日常が一変、句会も吟行も止まってしまいました。その中で色々考えることがあり、初めての句集を編むことにしました。

二〇〇〇年からコロナ禍前の二〇一九年まで、二〇年間の句です。


私の俳句の旅は、一九九〇年代後半、茨城県守谷に住んでいたころ、ご近所の友人に誘われ、春日さんの「海」つくば支部句会に参加して始まりました。五十代を目前に何か新しいことを始めたかったのかもしれません。

二〇〇三年、田中裕明先生と初めてお目にかかった市ヶ谷での句会で、その頃介護していた母を詠んだ句が幸運なことに先生の特選を頂き、その時のお言葉に励まされ、俳句がなくてはならないものになっていきました。

先生との句会は、仕事で上京されたとき時間を作ってくださる貴重なものでした。

ことに、新横浜駅近くの居酒屋で、新幹線の乗車時間までの句会は忘れがたいものです。

「ゆう」終刊後、「はるもにあ」が結成され、その創刊から参加。初代編集人の牧タカシさんから引きつぎ、私が二代目の編集人に。春日さんには俳句の他に、校正や編集作業などさまざまなことを教わり、吟行や句会のたびに間近で俳句を作る楽しさも苦しさも学んでまいりました。

表現の手段としてこの短い詩形は慕わしく、これからもその奥深さにもがきつつも、一句一句一歩一歩歩み続けていきたいと思います。

今まで私と出会って下さった大勢の素敵な方たちにお礼を申し上げます。

そして、この度の上梓に際しまして、「はるもにあ」主宰の春日さんに、選句をはじめ多くの助言や励ましをいただきました。心からありがとうございます。

二〇二三年松の内の晴れ渡った空の下で

春田のりこ

著者略歴

春田のりこ（はるた・のりこ）　本名　紀子

1949年　大阪市生まれ

1998年　「海つくば支部句会」で満田春日さんの指導を受ける。「海」入会

2001年　「海」退会

2003年　「ゆう」入会

2005年　「ゆう」終刊

2006年　「はるもにあ」創刊より参加

2009年～2020年　「はるもにあ」編集人

俳人協会会員

現住所　104-0042　東京都中央区入船3-6-1-1104

句集　神遊　かみあそび　はるもにあ叢書6

二〇二三年五月一〇日　初版発行

著　者——春田のりこ

発行人——山岡喜美子

発行所——ふらんす堂

〒182-0002 東京都調布市仙川町一—一五—三八—二F

電　話——〇三（三三二六）九〇六一　FAX〇三（三三二六）六九一九

ホームページ http://furansudo.com/　E-mail info@furansudo.com

振　替——〇〇一七〇—一—一八四一七三

装　幀——和　兎

印刷所——日本ハイコム㈱

製本所——㈱渋谷文泉閣

定　価——本体二八〇〇円＋税

ISBN978-4-7814-1545-1 C0092 ¥2800E